下雨下猪下面条

[美] 杰克·普鲁斯基 著　[美] 詹姆斯·史蒂文森 绘
陈小齐　刘晓晨 译

SPM 南方传媒 | 广东人民出版社
·广州·

图书在版编目（CIP）数据

下雨下猪下面条 /（美）杰克·普鲁斯基著；（美）詹姆斯·史蒂文森绘；陈小齐，刘晓晨译. —广州：广东人民出版社，2024.3

书名原文：It's Raining Pigs & Noodles

ISBN 978-7-218-17286-6

Ⅰ.①下… Ⅱ.①杰… ②詹… ③陈… ④刘… Ⅲ.①儿童诗歌—诗集—美国—现代 Ⅳ.①I712.82

中国国家版本馆 CIP 数据核字（2023）第 252321 号

XIA YU XIA ZHU XIA MIANTIAO
下雨下猪下面条
［美］杰克·普鲁斯基 著 ［美］詹姆斯·史蒂文森 绘
陈小齐 刘晓晨 译

出 版 人：肖风华

责任编辑：熊 英
责任校对：李伟为
装帧设计：刘弋捷
责任技编：吴彦斌

出版发行：广东人民出版社
地 址：广州市越秀区大沙头四马路 10 号（邮政编码：510199）
电 话：（020）85716809（总编室）
传 真：（020）83289585
网 址：http://www.gdpph.com
印 刷：广东鹏腾宇文化创新有限公司
开 本：787mm × 965mm 1/16
印 张：10 **字 数**：170 千
版 次：2024 年 3 月第 1 版
印 次：2024 年 3 月第 1 次印刷
著作权合同登记号：图字 19-2024-007 号
定 价：45.00 元

如发现印装质量问题，影响阅读，请与出版社（020-85716849）联系调换。
售书热线：020-87716172

纪念马诺阿 · 乔乔拉

目录

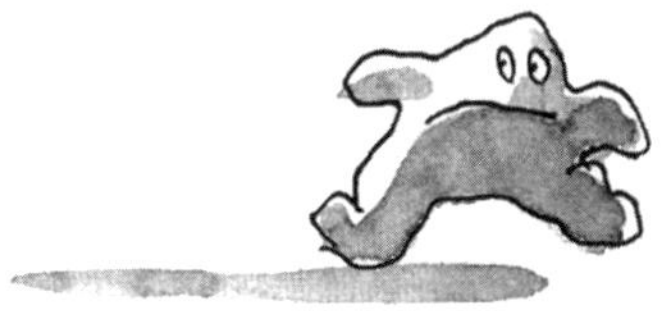

下雨下猪下面条

下雨下猪下面条，
瓢泼的青蛙和高帽，
雏菊伴着卷毛狗，
香蕉、扫帚和猫猫。
什锦蜜饯和鹦哥，
一股脑从天上落，
这儿掉下来胡萝卜，
那儿河马一屁股坐。

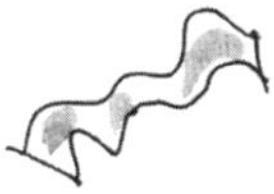

下雨下笔下腌菜，
还有鸡蛋和餐盘。
无花果、钢镚像洪水，
哗啦啦啦天上来。
快看天鹅和毛衣，
玩具火车和闹钟——
只是下雨多无聊，
什么都掉才热闹。

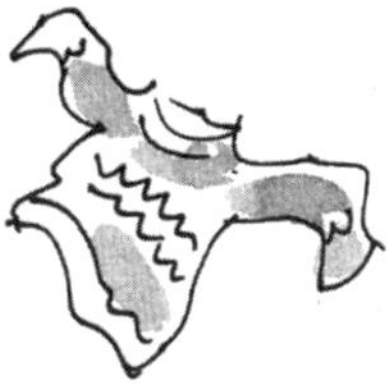

我的傻狗胖过了头

我的傻狗胖过了头，
龇着他的下门牙，
没事总往地上刨，
待在坑里睡大觉。

我的傻狗闹过了头，
实在叫我难忍受……
嚼了外套还不算，
又把内衣一通咬。

小鸡俱乐部

我们都是**小鸡俱乐部**
声名显赫的优秀成员，
没错，大概你也猜到了，
我们就是鸡宝宝。
我们连自己的影子都怕，
看见倒影也会受到惊吓，
要是突然听到一声“嘿”，
尖叫、快跑，赶紧藏好。

我们怕打雷，
雷声一响就乱窜。
我们怕小虫，
飞的爬的全都算。
我们紧紧张张，跌跌撞撞，
怕这怕那，
竟然吓得开始打鸣，
还长出了一对鸡翅膀。

头顶一片吵闹声

头顶一片吵闹声，
鸟群结伴朝南飞，
吵吵嚷嚷真热闹，
每只鸟儿张大了嘴。

天上尽是些抱怨，
叽叽喳喳好聒噪——
如果不是路太远，
谁愿飞得这么高。

兔兔巴士

兔兔巴士发车了，
买票上车别惊讶。
有只兔兔当司机，
您就好好放心吧。

乘客朋友请坐稳，
我们小车快得很。
甭管您在哪站下，
兔兔巴士送到家。

翻山越岭追火龙

我翻山越岭追火龙，
一路都在放狠话。
“我马上就要抓到你了！”我喊道。
“你逃不掉的。
没人能逃出我的手掌心，伙计，”
我信心高涨，声音越喊越大，
“你还是别跑了，
反正也没地儿可躲。”

“我只消把宝剑轻轻一挥，
就能提着你的脑袋去换赏。”
火龙突然不跑了，
转身冲我直咆哮。

“你再好好想一想，”
他盯着我怒吼道，
“恐怕你还没发现吧，
我可比你大十倍。
要是我俩打一架，
那我肯定是赢家。
我对我的利爪可是相当满意，
更别提我的尖牙！”

我思量了一下火龙的话，
说得确实在理——
翻山越岭追火龙，
现在轮到他追我。

第一要好的朋友

我第一要好的朋友是“恐怖”安妮——
她一拳打中我眼睛。
我第二要好的朋友是“鬼祟”山姆——
他总觊觎我的馅饼。
我第三要好的朋友是“耗子”麦克斯——
他无故踩伤我脚趾。
我第四要好的朋友是“恶毒”奈尔——
她差点打断我鼻子。

我第五要好的朋友是“蛤蟆”特德——
他对我膝盖一顿踢。
我第六要好的朋友是“刻薄”盖尔——
她对我嘴上不饶人。
我第七要好的朋友是“魔鬼”莫伊——
他对我下手可不轻。
好了，这就是我所有的朋友——
再多一个都受不了。

看看都发生了什么！

看看都发生了什么！
倒霉皮特变成了停车计时器，
站在路边一整天，
只求小狗别凑近。

爸妈今天都感冒

爸妈今天都感冒，
躺在床上睡大觉。
那我今天要干吗，
各种点子四处飘。
恶作剧在发芽，
源源不断往外爬：
要给弟弟的泰迪熊
剃个胡子理个发。

然后做个泥巴饼，
放进姐姐帽子里，
抓来妈妈的耳环，
猫猫狗狗耳边挂。
香蕉硬往鞋里塞，
胡萝卜系天花板，
闹钟胡乱拨一气，
现在几点说不清。

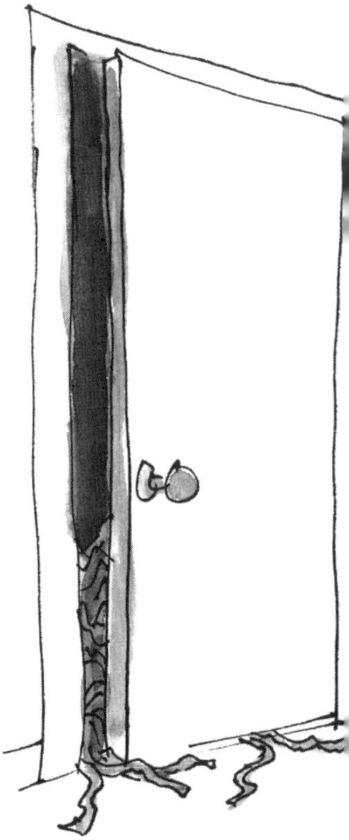

盐和糖都掉个个儿，
丸子地上撒一路，
先将臭虫关冰箱，
再把意面藏衣橱。
还有爸爸的内裤，
涂成蓝色一道道。
我的想法可真不少……
爸爸妈妈都感冒。

半夜醒来

半夜醒来有点不妙，
倒也不是被吓一跳，
一整晚有什么在咬
我枕头里的白羽毛？

疯狂小子

疯狂小子是马贼，
西部草原的土匪。
逍遥法外的亡命徒，
做事全凭脑袋糊涂。

农场主压根不理会，
也没人把这伙贼来追。
毕竟他们偷不到牛——
只抢到叶子满地乱飞。

是时候了

是时候把这盏
南瓜灯扔掉了，
闻起来不像南瓜，
倒是挺像腌黄瓜。
它的表情很古怪，
笑容也不再友善，
身子偏往边上歪，
脸颊还朝里面长。

它的额头早塌了，
眼睛直往下耷拉，
鼻子更是没法看，
鼻孔连到嘴中央。
我承认它曾在节日
万分引人瞩目，
可这南瓜灯已
足足撑了十一个万圣节！

我正坐在椅子下

我正坐在椅子下，
椅子四脚朝着天，
要不是它这模样，
我才不会钻下面。
人人都坐椅子上，
这个道理我明白，
但我乐意坐地板，
地上脚丫看个遍。

为啥非要坐椅下，
还要研究鞋和袜，
这事我也说不清，
就是心里乐开了花。
不过也就待一会儿，
然后我又往外爬，
先是爬到角落里，
再上高墙好歇息。

今早吞下一颗牙

今早吞下一颗牙，
这事纯属意外啦。
牙齿弹进麦片粥，
就在那里埋伏下。
今早在我吃饭前，
它还待我嘴巴里，
现在不小心一吞，
它就去到了别处。

牙齿混着葡萄干，
越咽越往深处滑。
如果早知是这样，
当初就该拦住它……
现在说啥也没用，
要讲拜拜都晚了，
今早吞下这颗牙，
从此再见不到它。

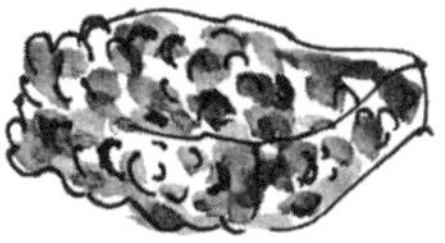

巧克力包裹在香肠上

巧克力包裹在香肠上，
巧克力西蓝花做软糖，
菠菜浸泡巧克力糖浆，
巧克力的泡菜糊糊汤。

巧克力布丁加酸菜，
巧克力可以炖鱼块——
只要里头有巧克力，
那玩意就是我最爱。

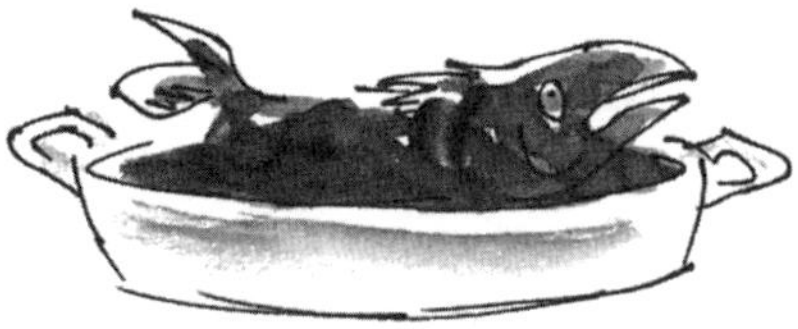

跳舞的河马

跳舞的河马
整齐一排，
灵巧地表演
优雅芭蕾。

跳舞的河马
又忙又乱，
舞台压垮了，
都怪结束时的脚尖旋转。

抽鼻子鼻涕怪

我们是抽鼻子鼻涕怪，
我们鼻子有一打，
其中一半像花苞，
剩下一半像水管。

我们爱把花来嗅，
吸进来又呼出去，
万一来的是臭鼬，
捏住鼻子赶快走。

姐姐尖叫

哥哥尖叫，弟弟抱头。鸽子少了根羽毛，猎狗不安

已逃走。邮差掉了信，小猫跳老高——下次再玩回旋镖，我一定不飞走啦。

造了一台好机器

我造了台机器真是妙，
自动能把房间扫。
桩桩件件干得好——
有谁看见了我的猫？

姐姐轻轻念个咒

姐姐轻轻念个咒，
咒语冲着我耳后，
没来得及等一秒，
凭空我就消失了。
姐姐又念一遍咒，
直接我就晕了头，
没来得及想一想，
忽然我就不在场。

此时我到底在哪儿，
心里一万个没想法，
一门心思要回家，
如何回家乱抓瞎。
这种境地可别太久，
要说伤害倒也没有，
只是妈妈在烤巧克力蛋糕……
赶不上可实在糟。

动物园“玩长”殿下

动物园“玩长”殿下就是我，
我怎么说，就怎么做。
动物园的飞禽和走兽，大家可得听清楚，
即刻遵旨，不得有误。
奉天承运，本人诏曰——
袋鼠必须打喷嚏，
鼩鼱必须猜字谜，
绵羊去窗户下换衣。

即日起，天鹅和臭鼬
游泳必须穿短裤，
豪猪必须二重唱，
骆驼必须打响板，
蝾螈必须吹长笛，
狗熊必须打雨伞，
鸭子杂耍鹅跳舞，
老鼠必须挠大象。

鹦鹉和猫必须你追我赶，
河狸必须戴上圆顶礼帽，
老鼠必须学会溜冰，
蝙蝠八点必须睡觉。
你们可以不喜欢我的谕旨，
但必须遵从执行，
谁叫动物园“玩长”殿下就是我，
我怎么说，就怎么做。

邋遢格蕾丝

我是邋遢格蕾丝，
最爱说谎耍花腔。
本人从来不漱口，
不洗脸也不洗手。
爸爸喊我洗脸去，
我可不想活受罪，
哗哗拧开水龙头，
装模作样蘸点水。

妈妈让我去刷牙，
我连眼睛都不眨，
拿起牙膏挤一挤，
对准台盆刷呀刷。
瞧我脑子多灵光，
拿手好戏会骗人，
只是脸上起湿疹，
牙齿变绿真伤神。

千万不要唱反调

要是海里碰到鲨鱼，
千万不要唱反调。
不然自己成了午餐，
转眼就被一通咬。

打嗝！

我打了一大堆 **嗝 嗝** 嗝，
这样已经 **嗝** 一整天。
它们没完没了 **嗝 嗝**，
就是不 **嗝** 再见。
我试着吞一口 **嗝** 水，
仰着 **嗝** 头，
屏住呼吸直到 **嗝**
嗝 脸涨得 **嗝** 通红。

我想尽了 **嗝**
各种 **嗝 嗝** 办法，
可什么都 **嗝 嗝**
不管 **嗝** 用。
实际上，**嗝** 情况
越来越 **嗝 嗝** 糟，
我要不要请 **嗝** 医生看看
或者找个 **嗝 嗝** 护士瞧？

我能感觉到我的 **嗝** 嗝

一路沉到了 **嗝** 鞋子里。

我 **嗝** 现 **嗝** 在

一肚子 **嗝 嗝 嗝** 气。

如果这些 **嗝** 嗝 **嗝**

还不 **嗝嗝** 停，

我担心我 **嗝** 要

放臭 **嗝** 屁。

有名的怪兽

一只有名的怪兽，
东游西荡四处走。
只知道声名远扬，
没人见过我模样。
胳膊腿儿都皮包骨，
身子同样瘦如柴，
唯有双手无比大，
威名显赫全靠它。

不像我其他同行，
动不动鬼哭狼嚎，
我干活从不嚷嚷，
只靠敲门就够震撼。
一敲地动山摇，
门框应声而倒——
江湖人称**不敲则已大怪兽**。
世间有这样的怪兽吗？没准哦！

明天是我的“不是生日”

明天是我的“不是生日”，
我已经迫不及待，
这样的日子每天都有一个，
每天都值得庆贺。
我爱“不是生日”派对，
朋友也快乐无比。
我们爱玩“不是生日”游戏，
我总能赢得奖励。

我爱“不是生日”礼物，
它们让我兴致高，
我爱“不是生日”蛋糕，
每一口都味道好。
昨天刚过完一个，
今天的还在继续，
明天又是“不是生日”，
噢耶，快活得就要飞起！

问多多

我是一个“问多多”，
我有十万个为什么。
我想——
为什么大象没有翅膀？
为什么海水那么咸，
大山那么高？
为什么狐狸很狡猾，
鸡要长羽毛？

我坐着想不停，
我走着不停想，
为什么手能放进手套，
脚放进鞋里刚刚好？
为什么戒指是个圈，
弹珠圆又圆？
为什么不吭声的时候
一点声音都没有？

想啊想啊想不停，
就想知道为什么，
为什么眨眼那么快？
为什么锁链环环扣？
为什么柠檬黄灿灿，
菠菜绿油油？
为什么隐身了
就会看不见？

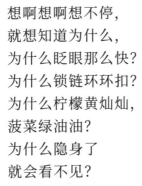

想啊想啊不停想，
为什么马儿有鬃毛？
为什么鱼儿水中游，
飞机天上飞？
为什么锤子带个把儿，
班卓琴有弦……
我是一个“问多多”，
我有十万个为什么。

你说糟糕不糟糕

你说糟糕不糟糕，
我比长颈鹿还高，
每次想要进房门，
先把自己折一道。
尽管身体够柔软，
回回这样也挺烦，
耳朵紧紧贴着地，
屁股顶到天花板。

倘若离屋出了门，
找人聊天太费神，
除非你随身带长梯，
或者往旁边树上蹲。
这样当然不实际，
几乎没有人愿意
站得和我一样高，
四目相对把天聊。

倘若上街去散步，
自己就是风景线。
到处被人瞎指点，
快看高个儿多显眼。
他们倒吸气，瞪眼瞧，
还有几个嘻嘻笑。
我比长颈鹿还高，
你说糟糕不糟糕。

公主的怨念

我吻了一只青蛙，
据说它会变成王子。
青蛙一点没变，
倒是我开始呱呱呱。

不能逼我吃那玩意

你不能逼我吃那玩意，
黏黏糊糊，
齁腻齁腻，
还油兮兮。
一看就是你的厨艺，
用蛆虫和泥，
混着河马碎肉、
臭虫血和臭虫头。

讨厌讨厌真讨厌，
那玩意一眼都不想见！
只要一想到
就全身发抖。
尝一口肯定
马上毙命……
你不能逼我吃那玩意，
——休想！

养了一只虚拟鸡

养了一只虚拟鸡，
虚拟蛋里是标兵，
给她喝下虚拟水，
再把虚拟饲料喂。
虚拟鸡要啥关照，
一切统统都给到，
我要我的虚拟鸡，
成龙成凤排第一。

虚拟小鸡长得快，
活得快乐又精彩，
眨眼长成了母鸡，
虚拟鸡舍大明星。
可惜美事不长久，
虚拟压力渐渐有，
每天虚拟一小时，
清理虚拟鸡便便。

活在虚拟的天气里，
她也患了虚拟近视，
掸不了一根虚拟羽毛，
张不开虚拟鸡嘴鸣叫。
虚拟小鸡生了病，
拖着虚弱虚拟腿，
想下一颗虚拟蛋，
怎么努力都白干。

我想救活虚拟鸡，
昼夜不停来护理。
一人费那虚拟劲，
奈何叫天天不应。
真怕这只虚拟鸡，
在劫难逃虚拟命。
别了，已作古的虚拟鸡——
幸会，虚拟鸭宝宝。

贪吃又有志气的奶牛

一只贪吃又有志气的奶牛，
下决心要去吃遍
方圆十里大草原……
这样才不虚度每一天。

奶牛啃光了每一寸地，
大地如今是一贫如洗。
奶牛横在草地正中央——
草地在奶牛肚里遭了殃。

世界上最快的乌龟

世界上最快的乌龟
和世界上最慢的马，
龟马比赛，
绕着大圈跑。

马赢得了比赛，
那倒也不是意外，毕竟——
再快的乌龟还是乌龟，
再慢的马也是一匹马。

帕西馅饼店

我的名字叫帕西瓦尔 · P. 帕芬伍夫，
大名鼎鼎的烘焙大厨，
要问我什么最有名，
当然是美味的馅饼。
我做的馅饼供应各种场合，
尺寸俱全，口味繁多。
以下各色馅料表，
帕西馅饼店都能买到。

南瓜熊猫配香菜
火鸡结块酸奶油
萨尔萨酱鲑鱼火蜥蜴
上等芦笋配臭鼬
芒果袋鼠加香草
鸡肉山雀毛丝鼠
角马蛋白霜皮红毛猩猩
鲦鱼杏仁西葫芦
洋绣球雪貂肥油
干酪孔雀鱼地鼠脆骨

寿司炖牛肉画眉配蓟菜
苹果卡布奇诺鼠
黄蜂胡桃海象酱
象鼻虫果冻意大利面
波森莓加野牛肚
通心粉甜瓜苔藓
马瑞那拉番茄酱斑马膝盖
鳄鱼蜜蜂配奶酪
太妃糖龙蒿叶蜥蜴
大蒜番茄酱蝙蝠香蕉
李子干木瓜虞美人鹦鹉
负鼠企鹅仙人果
臭干酪北极熊
毛毛虫可乐胡萝卜

要说世上啥最好，
我的馅饼顶呱呱，
种类丰富馅料满，
心满意足人人夸。
每种馅料都不错，
个个能把奖牌获，
要说里头有啥缘故，功劳全在
我这个**帕西馅饼店**老板兼大厨。

我知道我有个尖尖的头

我知道我有个尖尖的头，
刚好本人高又瘦。
但别拿我当箭使，
哪怕你是弓箭手。

水獭和山猫

水獭和山猫，
运气可真不赖，
彩票中了个“獭猫奖”，
买艘快艇去出海。

自行车在演讲

自行车在演讲，
闹钟停下来听。
郁金香献上飞吻，
玫瑰洒了滴眼泪。
鞋盒听得入迷，
鞋子不再摇头晃脑，
蝴蝶结显得惊慌，
因为腰果陷入疯狂。

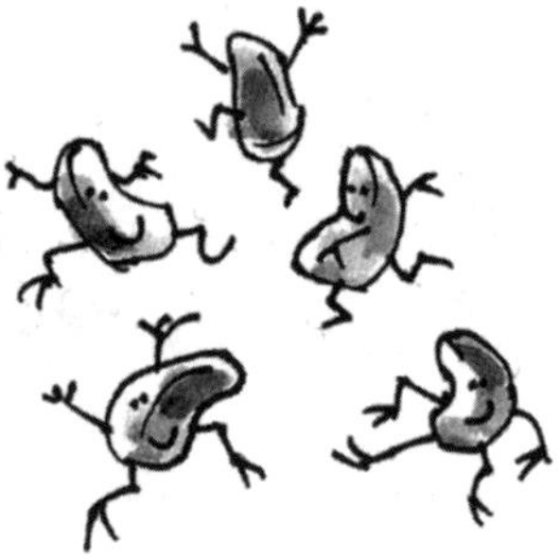

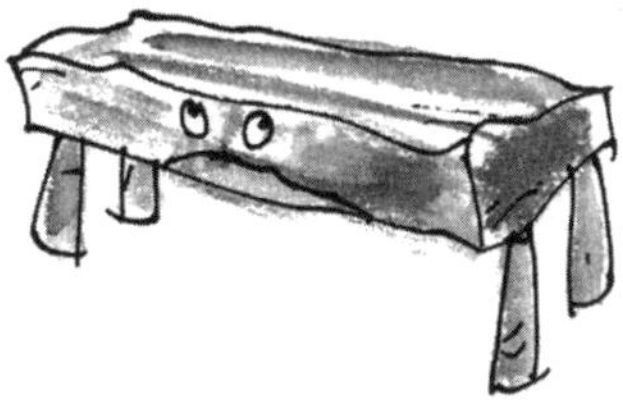

袜子给了一拳，
打在帽子头上，
纽扣吓得要死，
黄油呆若木鸡。
挂锁唱歌跑了调，
害得蛋糕弹了个重音，
李子点头问好，
锯子却没看到。

椅子登台献艺，
因为骑士不愿起身。
长凳感到无聊，
因为熨斗禁止发言。
轮胎精疲力尽，
叉子扎进了稻草堆，
树木集体离场，
奶酪带路指引方向。

抿了一口水

我抿了一口水，
抿了第二口，又喝了一小杯。
倒满一大盅，
喝了个底儿掉。
我喝了一加仑[①]，
满满当当一大罐，
可不管我怎么喝，
还是觉得渴。

我喝了一夸脱②柠檬水，
一夸脱果汁，
一夸脱巧克力奶，
统统喝下也不顶事。
又找了一打苏打水，
一口气全都灌进肚，
还能再喝掉一条小溪，
一片湖泊和一座瀑布。

我的身体在发胀，
看起来随时会撑裂，
可是我还觉得渴，
无药可救无法可解。
现在我已肿成了球，
卡在门口进不了楼——
于是我发誓
再也不把海绵吃。

① 容积单位，1加仑≈3.78升。

② 容积单位，1夸脱 = 1/4加仑。

外太空神奇商场

我在外太空神奇商场，
就在银河系的边缘上。
专挑打折货哪管用不用得着，
下单结账全凭一时心血来潮。
我买的绝对是稀罕货，
把黄金变成奶酪的神油，
一罗[①]半的隐形拖把，
烧糊的豌豆填充的椅子。

我看中了满是破洞的水族箱，
比黄鼠狼还臭的企鹅，
带斑点的食肉鼹鼠，
缺鼻子的大象，
装云朵的玩意儿，
烤星星的烤箱，
开不了任何锁的“万不能”钥匙，
放射性活跃的吉他。

我挑了一艘双座羊毛独木舟，
沙子做的麦片，
终生供应的不可食用炖菜，
百万英里②的橡皮筋，
鲸鱼大小的腕表，
一万磅③重的保龄球……
好喜欢过季甩卖大清仓，
就在这**外太空神奇商场**。

① 计量单位，1罗=12打=144个。

② 长度单位，1英里≈1609米。

③ 质量单位，1磅≈0.45千克。

著名撒谎精

我是著名撒谎精，
撒起谎来不能停。
从来不曾说实话，
不让撒谎都不行。
我把白的说成黑，
我把重的说成轻，
倘若我说向左走，
那你最好往右行。

关于天气都能扯谎，
更别提时间、地点和日期。
最擅长的是含糊，
无论说到啥话题。
撒谎越来越老练，
越来越有好经验。
别以为你能躲过一劫，
骗到你其实小菜一碟。

我会巧语和花言，
骗人根本不眨眼，
撒谎原来是天赋，
天生就会把人骗。
撒撒小谎但无妨，
大谎心花更怒放，
现在说的就是假话，
但也真心没把谎撒。

站在星星上

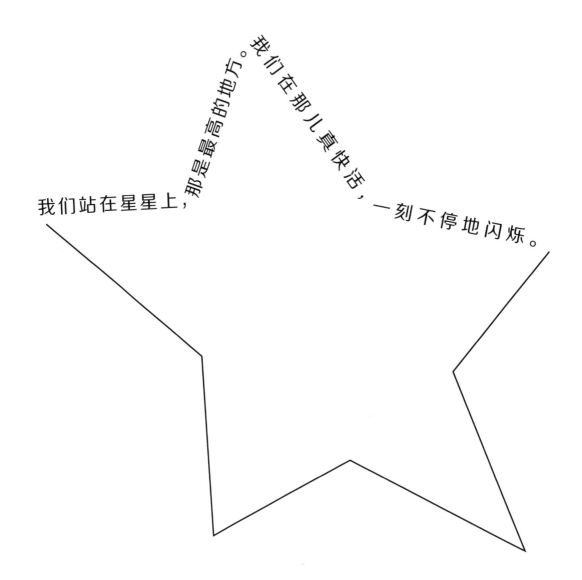

我们站在星星上，那是最高的地方。我们在那儿真快活，一刻不停地闪烁。

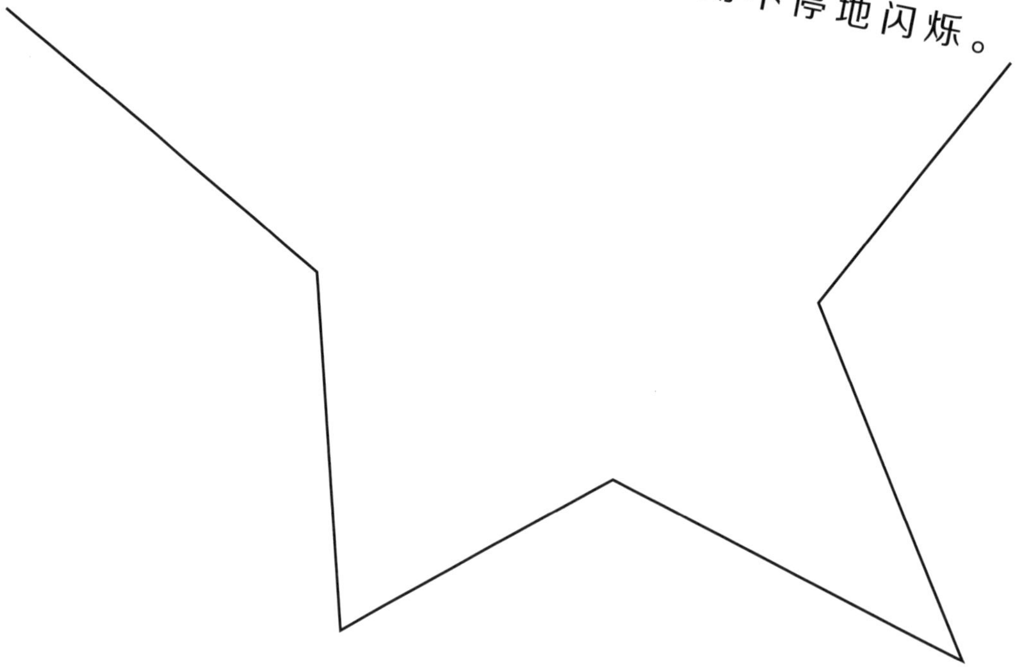

什么猪？

猜猜这是什么猪？粉红色，十尺高，
身穿方格短裙十二条。
动脑筋，想一想，答案其实很简单——
十二只踩高跷的苏格兰猪。

冰箱的深处

在冰箱的深处，
有个特别的位置，
塞着会常驻的食物……
我们留着，以防万一。
“这些时间有点太久了，最好不要吃，”
妈妈总是这么说，
“但我觉得可以再放一阵子，
还没到扔的时候。”

食物能在那里待一个月，
在冷藏室里慢慢腐烂，
很快就长了毛绒绒的霉，
五颜六色长了一堆。
霉包一天比一天大，
很难不被注意到，
但是最明显的变化，
还是奇臭无比的怪味。

食物终于变成了
一坨恶心的烂泥，
妈妈就会把它掏出来，
“嗯，是时候了。”
她把它扔进垃圾桶，
痛痛快快无悔意，
然后又把新的食物挪了过去，
放上一阵等过期。

陷入死循环

我已陷入死循环，真希望能停下来。一开始还挺新鲜，但我很快就疲倦。想好怎么办，只想逃离这一切。我已陷入死循环……也许永远不算完。

这儿我早就来过了，每道弯都很熟悉，显然这是死循环，没有起点和终点。循环无聊又乏味，毫无解脱的希望。不论往左或往右，对我都是无所谓。我没

像狮子一样大声吼

我像狮子一样大声吼，
我像青蛙一样呱呱叫，
我像猴子一样尖声啼，
我像小猪一样哧呼哼。

我像仙鹤一样高声唳，
我像水牛一样打响鼻。
妈妈在厨房煮肝……
让我吃这玩意我可不干。

演奏家巨人提米

巨人提米演奏家，
着实数他个头大。
想把小提琴来演奏，
就得用大提琴拼凑。

太阳落山了

太阳落山了，
我把光线弄丢了。
本应吃点东西，
我把胃口弄丢了。
不知身在何处，
我把方向弄丢了。
也不知道时间，
我把手表弄丢了。

想搭个屋棚，
我把砖头弄丢了。
路上石子硌脚，
我把鞋袜弄丢了。
这地方太冷，
我把衣裳弄丢了。
想吹奏一曲，
我把长笛弄丢了。

想停下闻闻花香，
我把嗅觉弄丢了。
想高喊喊不出来，
我把声音弄丢了。
幸好还不算饿，
我把奶酪和面包弄丢了……
实在不知道该想什么，
我把脑子弄丢了。

牛皮糖来袭

牛皮糖来袭，
当心，务必十二万分的当心！
它们一来就会黏住
你的头发和手指。
它们踩着滑板车，
它们滑着溜冰鞋，
板子黏黏，
轮子黏黏。

牛皮糖来袭，
它们气势汹汹地来了，
踩着自行车、三轮车，
开着拖拉机，骑着马。
除非你计划周密，
预先防备，
不然牛皮糖就会黏住你，
为所欲为。

一旦被它们抓到，
就会被黏住衣裳，
耳朵和鼻子，
脖子和肩膀。
它们会偷偷地跟踪你，
才不管什么江湖道义……
牛皮糖来袭，
当心，务必十二万分的当心！

妈妈送我夹心糖

妈妈送我夹心糖——
一咬迸进了眼里。
姐姐送我方手绢——
一摸痒得直叫唤。

爸爸送我副拳套——
一碰它就炸开了。
为什么我过生日
偏偏是四月一号？

蝴蝶蝴蝶请告诉我

蝴蝶蝴蝶①请告诉我，
每当你们扇动翅膀翩翩飞过，
我认真观察，仔细研究，
为啥看不到一丁点的黄油②？

①② 蝴蝶的英文单词是“butterfly”，黄油的英文单词是“butter”，此处是文字游戏。

琪露塔·露塔

琪露塔·露塔从来不够暖和，
不论她身上穿了什么，
哪怕她穿七件毛衣，
还比之前更有凉意。
上回盛夏三伏天，
天气热得不像话，
大家都在把汗洒，
除了琪露塔·露塔。

温度高达三十七，
烈日炎炎正当空，
她的牙齿直打颤，
鼻头冻得红通通。
温度计还在往上走，
眼看要超过三十九，
膝盖打架不停地抖，
脸蛋冻成大冰球。

她穿戴起围巾、帽子和外套，
裹上厚厚的皮草，
可她还是觉得冷，
不管身上穿多少。
这会儿温度四十五，
她又加了副手套，
琪露塔竟然结冰了，
一冻冻出来冰棱柱。

温度继续在升高，
一升升到五十一，
琪露塔的脸发白，
小命即将要归西。
气温升到五十三——
琪露塔已彻底冻僵，
她成了公园的雕塑，
正对着大门入口处。

紫色红毛猩猩

紫色红毛猩猩奔向太空，
银色独角兽原地猛冲，
洋葱同面条和勺子赛跑，
猴子从巨茧里往外冒。

乌龟穿着毛衣，泡菜戴着假发，
喋喋不休的西红柿给猪训话，
花生大小的大象拍打着翅膀，
甜瓜翩翩起舞，菠萝为她伴唱。

水牛骑单车，老虎放风筝，
鹈鹕闪烁粼粼波光，
萝卜梳洗着浓密的头发，
毛绒绒的鱼在空中游荡。

兔子和鹦鹉在星星上捉迷藏，
棉花糖阔步走在土星草甸上……
这是我在神奇博物馆
遇到的一些神奇景象。

爸爸叫做大脚怪

爸爸叫做大脚怪，
妈妈叫做雪人怪，
他俩经常拿冻鱼当大餐，
而我吃意大利面更痛快。

天色不亮就遛狗

天色不亮就遛狗，
放学回来接着遛。
这事虽然很麻烦，
养成习惯就不难。
鱼和鹦鹉归我管，
饿了的小猫归我喂，
垃圾盒也归我倒，
打扫干净没臭味。

我照顾所有兔子、
乌龟、沙鼠、蛇，还有青蛙，
尤其擅长干脏活，
清理那些臭粑粑。
雀笼需要勤扫除，
餐盘也得收拾好。
什么？还要遛大象？
谢了！谁要谁领走！

牦牛开会

牦牛召开会议，
火鸡发表讲话，
布谷鸟计时读秒，
蓝色松鸡散步溜达。
企鹅做民意调查，
爬虫沉迷小说，
老虎朗读新闻，
鼹鼠听得兴致勃勃。

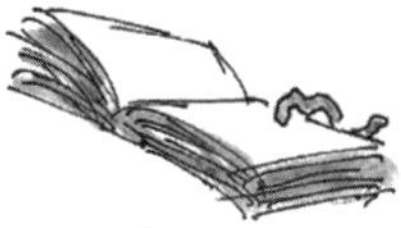

红雀穿着号码服，
老鹰戴上了假发，
猫头鹰身披铠甲，
小狗头晕目眩。
猎豹带来凿子，
小马带来锯子，
松鸡开始抱怨，
因为乌鸦撂了挑子。

小猪准备野餐，
海雀带着餐盒，
甲壳虫拍了张照片，
鸽子把豆子撒了满地。
袋鼠大献殷勤，
小熊送上热情的拥抱，
鸭子拒绝打交道，
老鼠待在垫子上。

蝙蝠在打棒球，
猫猫在打电话，
狮子爬上山顶，
灰狼借起了钱。
野牛想飞上天，
知更鸟原地踏步，
羚羊无所事事，
土拨鼠紧贴着地。

燕子就餐完毕，
天鹅高歌一曲，
海豹点头称赞，
母鸡跳进山泉。
公鸡掉了梳子，
引起熊猫一阵骚动，
燕鸥急转掉头，
野兔结队回家。

耷拉·多

我是耷拉 · 多，耷拉 · 多就是我，
我哪里都不想去，
我啥事都不想做，
脑袋空空肚里没货。
不往上瞅不往下瞧，
不往左看也不往右瞄，
管它是白天还是夜晚，
耷拉着眼，不皱眉也没笑脸。

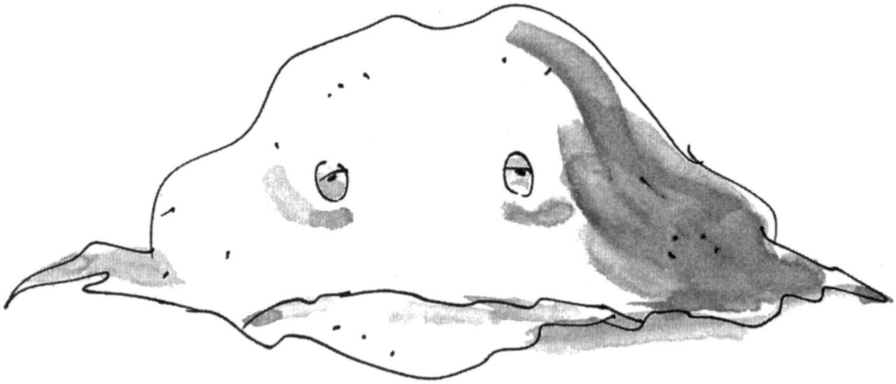

东西与南北，
对我无所谓。
啪叽往地上一瘫，
想去哪里都为难。
不如就待在这里，
什么念头也不想。
对着空气发发呆，
今天明天没两样。

我是耷拉·多，耷拉·多就是我，
知道的都忘在脑后，
看到的权当没见过，
懒懒洋洋啥也不做。
只求耳根清净，
没人找我。
现在我的话已说完，
正好继续耷拉着过。

失眠折磨我

失眠折磨我，
今晚睡不着，
一点点轻微的动静，
比炸药爆炸还要闹。
厨房里嘎吱嘎吱，
楼梯上吱嘎吱嘎，
炉子也耐不住寂寞，
像一群牛被愤怒的狗熊追赶。

水龙头滴滴答答，
像瀑布在怒吼，
卧室窗户外，
食人魔在玩球。
一台古老的蒸汽火车头，
呼哧呼哧从地毯驶过，
声音越来越大……
不过是一只虫子惹的祸。

我数了好几个小时的羊，
挨个儿数到五十万，
早知道应该数海象，
数到这会儿肯定睡着。
流浪猫的叫声
在脑子里盘旋——
我今后再也不敢
睡觉前吃十盘甜点。

别拿叉子叉舅舅

别拿叉子叉舅舅，
别踢舅舅的小腿，
别用瓶塞打舅舅……
过错犯下可没得救。

如果你抓他鼻子，
如果你往他腿上搁土豆，
如果你往他身上扔意面，
他会赶你去歇歇。

宝宝餐桌前一坐，
要是吃饭表现差，
言谈举止没规矩，
他会气得直咬牙。

如果拿勺敲舅舅，
又用骨头戳一戳，
立马会被赶下桌，
一人吃饭多寂寞。

遇到了麻烦

我好像遇到了麻烦，
身高缩一半，
体重却翻番，
还有鼻子亮闪闪。
眼睛多长了七只，
身体拧成了麻花，
我长出了大象的耳朵，
巨人的脚丫。

心说大事不好，
身体不断膨胀，
头顶生出鹿角，
毛绒绒的尾巴十二条。
头发变成羽毛，
颌下还有火鸡一样的垂肉——
早知如此，我真不该
把精灵从瓶子里放出来。

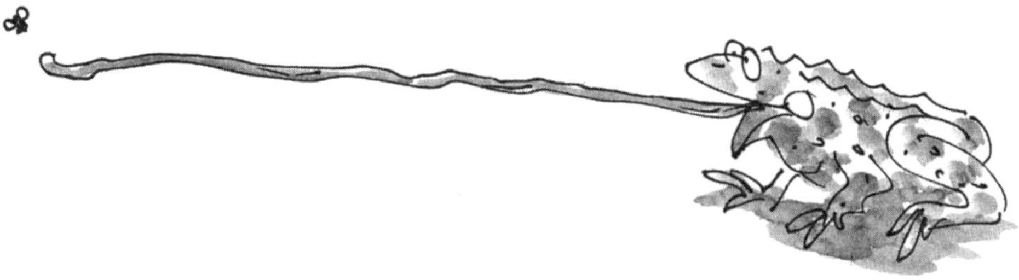

假如我是青蛙

假如我是青蛙，
我会弹出舌头把苍蝇抓，
然后毫不犹豫
把那倒霉蛋一口吞下。

但我跟两栖动物不挨边儿，
抓苍蝇可不是我的计划。
我是华丽的大蛇一条，
等着抓那些抓苍蝇的青蛙。

海边的乱七八糟镇

这里是海边的乱七八糟镇，
欢迎来到镇广场，
这里的人从早到晚，
奇奇怪怪真稀罕。
市长一边吻麻雀，
一边给法官擦鼻子。
议员嚼着箭头，
警察光着屁股。

烘焙师给面包洗澡，
屠夫给黄油抹油，
花匠一边低声呢喃，
一边把玫瑰涂红。
杂货店主藏起番茄，
医生把闹钟抛接，
理发师给土豆剃头，
农夫石头大丰收。

管道工穿着酒桶，
泥瓦匠穿着水桶，
两个木匠不停争吵，
究竟谁该给鲸鱼洗澡。
这样过日子
真有点奇怪，
但在海边的乱七八糟镇，
大家见怪不怪。

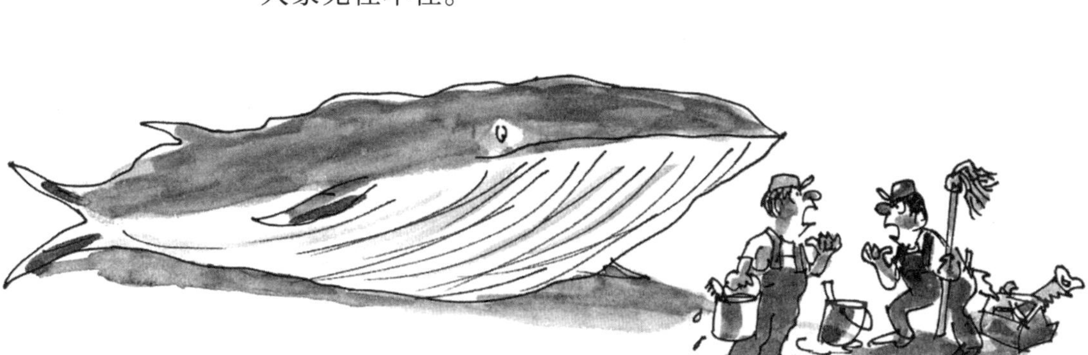

我们是祸害精

我们是祸害精，
我们什么都不关心，
我们专干坏事，
到处一片疮痍。
我们消灭森林，
大树变光秃秃，
我们把各种垃圾
一股脑倒进海里。

我们是祸害精，
我们专挑美好
破坏殆尽，
乐在其中真有趣。
万物繁茂之地，
只要被我们发现，
用不了多长时间
就会了无生机。

甭管是地下
还是海底，
我们走到哪里，
哪里鸡犬不宁，
就连空气
都要荼毒。
我们是祸害精，
我们什么都不关心。

我的宠物是西红柿

我的宠物是西红柿，
圆溜溜又光秃秃。
朋友们都在养芦笋，
为啥就我没有梗？

躺在铁轨上休息

躺在铁轨上休息
可真够傻。
等下一趟火车冲来，
你就知道为啥。

今天真是不走运

今天真是不走运，
今天命里犯克星，
每件事都不对劲，
条条道路都不行。
清早蚂蚁来行军，
爬上床头扰安宁，
刷牙用成了剃须膏，
崭新的裤子裂条缝。

唯一一副眼镜摔了，
钥匙断在了锁眼里，
面包机拒绝烤面包，
然后还电了我一遭。
走路撞上了门把手，
鞋里钻进了毛毛虫，
炖菜吃到最后一口，
爬出了一只丑甲虫。

一只叫不出名字的鸟，
俯冲而下啄我鼻头，
黑猩猩穿着溜冰鞋，
飞驰而过碾我脚趾。
想想今天倒霉透，
肯定中了啥诅咒，
今天是十二号，星期四——
明天肯定还有得受。

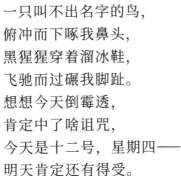

思奈文顿·斯尼

我叫思奈文顿·斯尼，
从七点到三点，
用脚趾把自己
倒挂在椰子树上。

我的闲暇有很多，
倒挂也不是罪过，
再说也没人愿意
把自己倒挂来替代我。

变成了胡萝卜

我变成了胡萝卜，
这桩奇事难琢磨。
当时我正在睡觉，
身体就变了形状。
昨晚我还是人，
有头有手有脚，
今早成了蔬菜，
平时都懒得嚼。

于是照照镜子，
自己又瘦又高，
身子黄不拉几，
头发绿得像草。
眼看这场祸事
就要变得更糟，
一只兔子凑了过来……
天！我还是先走为妙。

一只布谷鸟钟

我送给朋友一只布谷鸟钟，
朋友笑说，“绝妙！
我爱它，爱它，爱它——
没有礼物像时间一样好。”

急转弯

有时候我会想要
。弯转急个来然突
这需要一点耐心，
。巧技些一要需也
太频繁的急转弯，
，读阅难较比实确
这我不得不承认，
。玩好很得觉又但
如果你也想尝试，
，做何如该知不却
只需要全神贯注
。字文行一每好读
然后依葫芦画瓢，
……习练点点一加稍
就能学会急转弯，
。妙是真成告功大

凭啥要我扫房间？

凭啥要我扫房间，
专挑想玩的空当？
蜡笔撒了一地板，
从来不会把路挡。
还有篮球和小鼓，
何时绊住我脚步。
那些蛋糕饼干渣，
我才压根不在乎。

凭啥要我扫房间，
瞧这屋子多像样！
虽说墙角有披萨，
只是半块那有啥。
椅子上洒的肉汁，
一大摞飞机火车模型，
还有内裤堆成山，
统统我都不放心上。

我承认房间确实有点脏
泥巴糊在了墙上。
反正勉强才会看见，
小事何必挂心间。
床下还有一小块
上周剩的苹果派，
这房间竟然要扫……
我真搞不懂究竟为啥。

我不想

我不想在人行道上玩耍。
我不想坐门前的台阶上。
我不想舔冰淇淋。
我不想呼噜呼噜地吸汤。
我不想听音乐。
我不想读故事。
我不想吹气球。
我不想看卡通。

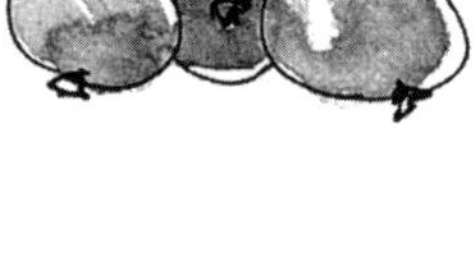

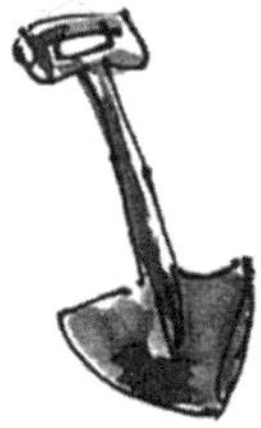
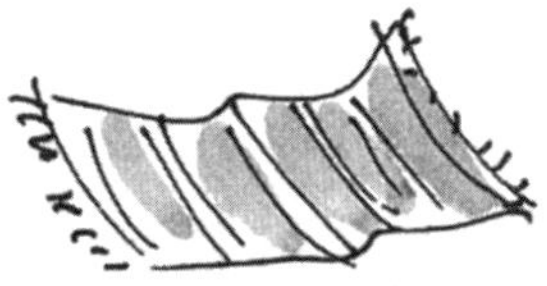

我不想躺地毯上打滚。
我不想去花园里挖坑。
我不想和小狗打闹。
我不想跟你抱抱。
我不想投篮。
我不想敲鼓。
我不想把玩具士兵列一排。
我不想哼歌曲和吹口哨。

我不想弹吉他。
我不想开电脑。
我不想给机器人发指令。
我不想帮玩具汽车上发条。
我不想用蜡笔涂颜色。
我不想捏彩泥做模型。
我不想停止“我不想”……
我就要这样过一天。

我在缩小

我在缩小，我在缩小，
飞快地缩小缩小缩小，
再缩下去可不妙，
搞不好今天就死翘翘。
压根我就没想到，
老天这样来关照。
难道是乱吃了什么东西？
现在我比卷心菜还小……

我在缩小，我在缩小，
越缩就越小，
今天着实像见了鬼，
用不着说你也知道。
现在我比腌黄瓜还小，
比铅笔还小，比干果还小，
眼睁睁看着
就要消失掉。

我在缩小，我在缩小，
我比豌豆还小，
除非来个大反转，
不久我将要退场。
每一秒我都变小，
现在我比虱子还小，
比蠓虫还小，比螨虫还小，比分子还小，
现在我已经没有了……你瞧！

屋子里有布洛兽

屋子里有布洛兽！
屋子里有布洛兽！
我得赶紧拿出
扫帚和拖把。
要想把布洛兽撵走，
最好的办法就是
同时用上拖把和扫帚。

只有扫帚没拖把，
拿它半点没办法，
布洛兽只会咯咯咯，
笑话你像只大蠢鹅。
只有拖把没扫帚，
无济于事都搞砸，
布洛兽只要一蹦跶，
跳上最近的高架。

有了扫帚和拖把，
左右开弓齐下手，
最难搞的布洛兽
闻风丧胆不再斗。
撒开脚丫跑得快，
转眼就溜没影踪。
从此再也不用愁，
布洛兽一去无烦忧。

问

屠夫能拦截或者抢断橄榄球吗?
十字弓要打个结吗?
台球球袋想换个方向吗?
喋喋不休的火鸡会不会快步小跑?
车站应该掰断冰淇淋吗?
火球飞去哪里了?
蛤蜊能够烤面包黄油吗?
午餐宴会可以反击间谍吗?

热狗要夯实人行道吗？
雪地里的树会发上旋球吗？
高山想跨越时区吗？
晨雾能不能长驱直入？
小马应该显摆它的摇椅吗？
鸭子坐那儿能够压平裤子吗？
奶牛可以流下开心的眼泪吗？
茶壶会不会跳肚皮舞？

锯齿能捡又能铲吗？
小猪想倒退着走吗？
拖车可以停止奏乐吗？
蛋卷会不会翻滚着付款？
踮脚的时候应该举蜡烛吗？
厨房的窗帘会大喊大叫吗？
针要伸出手指吗？
自来水落到哪儿去了？

华夫饼害我流鼻涕

华夫饼害我流鼻涕，
炸鸡块害得我过敏。
太妃糖害我牙疼，
冰淇淋害我感冒。
塔可①害我抽筋，
热狗害我发烧。
倘若将糖果嚼，
腮帮马上变绿。

意面害我打喷嚏，
煎饼害我想呕吐。
披萨刚吃下肚，
得病不明来路。
花生害我长了疙瘩，
爆米花害我嗓子疼。
舔一舔马卡龙，
身体立刻发肿。

葡萄干害我起疹子，
香蕉害得我打摆子。
如果咬一下汉堡，
肚子疼得受不了。
如果尝一口巧克力，
头发就会往下掉——
最不公平的要数西蓝花，
吃它啥事都没有。

① 塔可，墨西哥卷饼。

弟弟是个傻瓜蛋

弟弟是个傻瓜蛋，
不带脑子把活干。
一听说到了春季①大扫除——
连忙把床垫弹簧②全拆完。

①② 春季、弹簧的英文单词都是“spring”，此处为双关用法。

小猪宝

我是一头小猪宝，粉嘟嘟，胖乎乎。
如果我得了感冒，打喷嚏，抽鼻子。
要是我得擤鼻涕，
快拿出我的哼哼牌手帕。

在迷宫转来转去

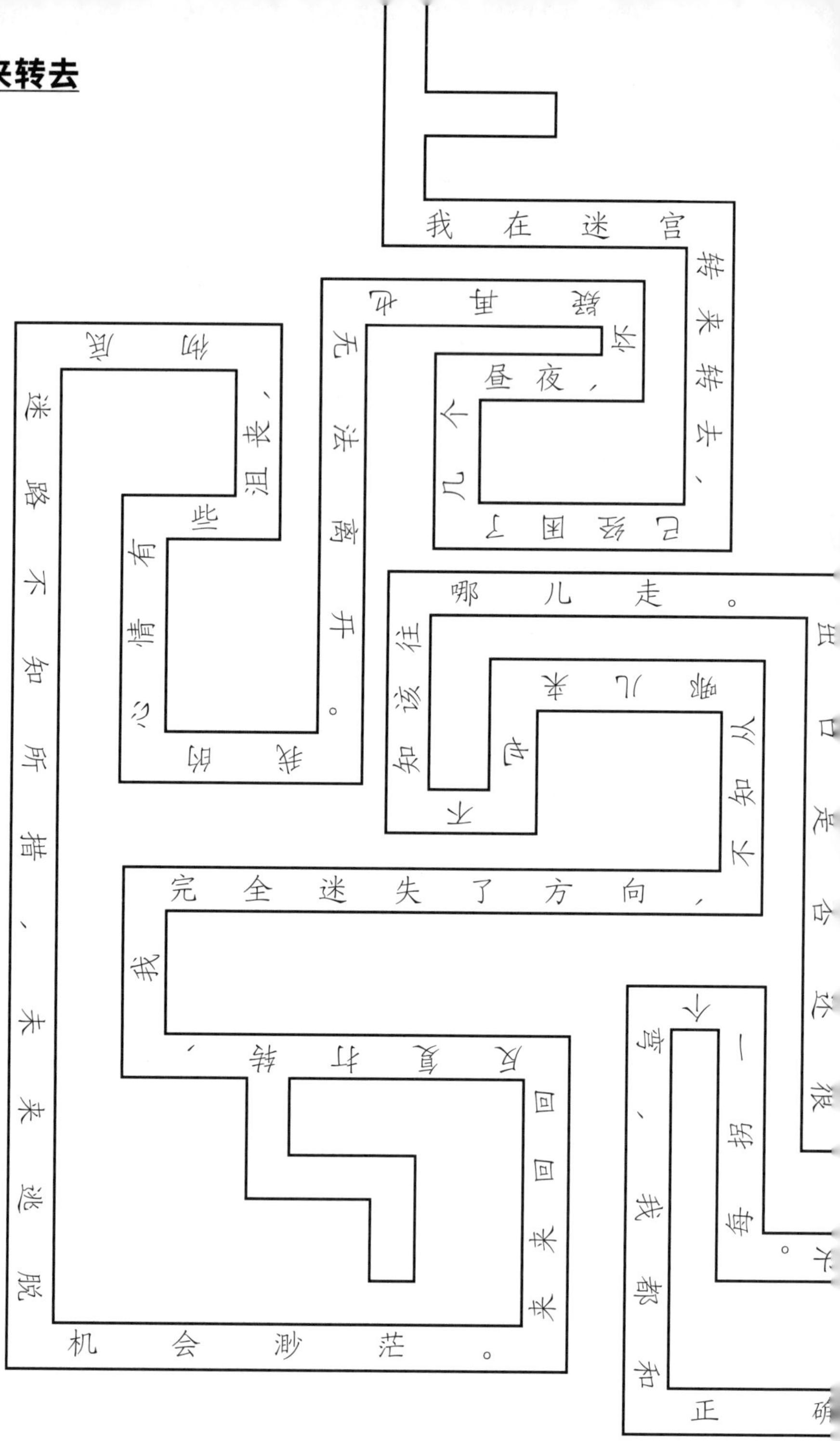
我在迷宫转来转去、已经困了几个昼夜，心躁再也无法离开。
我的心情有些沮丧、彷徨
迷路不知所措、未来逃脱机会渺茫。
来来回回反复打转、我完全迷失了方向，不知从哪儿来，也不知该往哪儿走。
出口是否还很
不。
每转一个弯、我都和正确

遥远？没有一点点的头绪、我很清楚自己完全搞错了

的路线擦肩而过。这是死胡同、我又得掉头往回走。步步都错。没错、我显然被堵在逆境、窘境、险境、危境、困境、绝境。终于、我好像看到了出口、这回肯定能离开……啊！错了、又是死胡同。

迷人的小牛羚

热爱唱歌又迷人的小牛羚，
高音嘹亮又通透的小牛羚，
转音比最动听的鸟儿更美妙。
颤音足够让牛羚们引以为豪。

花腔让豺狗都欣喜若狂，
土狼和狮子臣服于她的嗓音，
歌声随着年龄和练习越来越好——
她就是羚歌大剧院舞台的明星。

嗝

我有 呃 一个习惯，
我得 呃 承认，
这事让很多人 呃 反感，
有人 呃 甚至把耳朵捂上。
虽然这玩意 呃 很好玩，
但不知道 呃 为啥会这样，
不过在打嗝 呃 这方面，
没人 呃 比我更棒。

朋友们 呃 呃 都喜欢
我 呃 打嗝的方式，
所以一起 呃 呃 玩的时候，
我总是倾尽 呃 全力。
尽管这会儿 呃 跟你说话，
我可能 呃 会打一点儿嗝，
但 呃 我 呃 呃 还是懂得
基本的 呃 呃 礼貌道德。

隐形朋友

我有个隐形朋友，
别人看不见，
也未必相信，
在我跟前他才把身形现。
有时出门散步，
有时打闹追逐，
有时排排坐肩并肩，
心连心地聊会儿天。

我俩打过一场隐形沙滩排球，
我俩跳过一回隐形绳，
我俩种过一些隐形花，
我俩爬过一座隐形山。
我俩本该一生相伴，
可惜万事都有尽头——
奶奶往沙发上一屁股坐，
压扁了我那隐形的朋友。

舌头感觉很糟糕

舌头感觉很糟糕，
我也想不出是为啥，
我不过吃了腌制开胃蛇
和鸡嘴烤黑麦。
还有一盘糖渍蜗牛、
一份什锦猴唇、
一碗乌龟尾巴冻、
一碟河马下巴当配菜。

又尝了点黄鼠狼奶酪、
犀牛豆腐、
海藻布丁、
蒜蓉咖喱袋鼠、
洋葱冰淇淋
和海象肉馅饼……
舌头感觉很糟糕，
我也想不出是为啥。

高贵骑士

我是一名全副武装的高贵骑士，
胯下骏马同样血统名贵。
我被雇佣展开一场伟大的探险，
成就高贵的英雄事迹。
哎呀，我竟然失败了，
尽管我日夜兼程，
探险无功而返，
事迹尚未写就。

作为骑士中的榜样，
没有什么能比
拯救所有危难中的少女
更加令我心神荡漾。
哎呀，又徒劳无功，
我赶到已为时太晚，
少女早已从那可憎的命运中
被人解救逃离牢笼。

于是我渴望去屠龙，
用锐不可当的长矛，
然而别的骑士已抢先，
我的戏份没一点。
我要猎杀可怕的食人魔，
将它们一个个开膛破肚，可是……
食人魔早已开了溜，
就在我还没出发的时候。

对战邪恶巨怪的时候，
类似的挫败再次发生，
它们狡猾地提前撤离，
山洞四处弥漫着瘟疫。
屡败屡战天纵神威，
骑士意志坚不可摧，
肉体非凡天赋异禀，
久经沙场饱受历练。

身高只有别的骑士一半，
腰围却是他们三倍之宽。
我的身躯如此沉重，
就连坐骑也不舒服。
哪怕铆足全身力气，
也打不起精神疾行。
我的名气传遍了大地——
那就是，午饭吃太多爵士。

造了一座香蕉桥

我造了一座香蕉桥，
漂亮却不太牢靠。
香蕉不那么结实，
能放的时间也不够久。
开始是绿色，然后发黄，
接着长出褐色斑，
最后一定会熟透，
桥的倒塌是必然。

香蕉桥慢慢开裂，
露出缺口和缝隙。
不如让它垮掉，
修复毫无意义。
桥面下垂随风摆，
桥柱松软晃悠悠。
我急忙通知邻居，
还有亲朋和好友。

他们运来整库的冰淇淋，
最新口味各种各样，
还有那顶好顶好的
淡奶油和巧克力酱。
他们带来成桶的核桃，
还有去核的樱桃——
快快分享别耽误，
这就要断开的巨型香蕉桥蛋糕。

虫虫汤

虫虫汤，哇哦！
你这道菜我每天都爱。
唱一首小曲儿真欢快，
虫虫汤，哇哦！

虫虫汤，我得说，
这道菜怎么做都精彩。
热的、凉的、新的、剩的，
我都爱。

虫虫汤，哇哦！
你这道菜我每天都爱。
唱一首小曲儿真欢快，
虫虫汤，哇哦！

虫虫配米饭，超级棒，
一刀一叉真美味。
每次嚼一嚼，
都像在天堂。

虫虫汤，哇哦！
你这道菜我每天都爱。
唱一首小曲儿真欢快，
虫虫汤，哇哦！

虫虫配奶酪，碾碎撒豌豆，
你绝对能爱上。
每一口都欢乐，
既轻松又舒畅。

虫虫汤，哇哦！
你这道菜我每天都爱。
唱一首小曲儿真欢快，
虫虫汤，哇哦！

虫虫汤，粉红和灰白，
绝妙的开胃菜。
一勺就让我快活，
虫虫汤，哇哦！

虫虫汤，哇哦！
你这道菜我每天都爱。
唱一首小曲儿真欢快，
虫虫汤，哇哦！

一群驼鹿

有这么一群木头木脑的驼鹿，
想试着做做算术。
这当然一场徒劳，
驼鹿脑毕竟是驼鹿脑。
加法可不能指望，
减法也同样。
驼鹿不伶俐也不聪明，
乘法更是一点也不灵。

除法也太无趣，
他们毫无头绪。
百分比带来痛苦，
分数让脑袋迷糊。
这帮蠢驼鹿真恼火，
想不通又满是困惑。
他们哀叹道：“真是受够了算术，
数字把我们都气哭。”

巨爱青蛙

我巨爱青蛙，
每天爱得乐开花。
我凑到青蛙咖啡吧——
一起闲聊呱呱呱。

熨犀牛

我正在熨犀牛，
熨掉所有疙瘩。
先扯起来褶子，
再拍平整凹凸。
这活特别折腾，
也费许多工夫，
但我认为值得，
我的犀牛十分炫酷。

过程有点乏味，
其实也无所谓，
没褶子的犀牛，
天底下都少有。
我要给他抛光，
让他浑身闪亮，
皮肤光滑的犀牛独此一头，
最棒的就是归我所有。

有人吗？再见！

有人吗？
我好像不在这里，
也不在附近的哪儿。
看起来也不在那里……
也许我不在任何地方。

不在这里，也不在那里，
这事怎么可能？
好像没有道理，
搅得我心神不宁。

如果我不在这里也不在那里，
那我现在怎么同你说话，
还等着你来回答？
这对我来说太难了。
再见！

被外星人劫持

我被外星人劫持，
这趟旅行真不值。
飞碟突然就出现，
把我吸到光里面。
飞碟看着诡异古怪，
内壁棕黄还透着紫，
分不清地板和天花板，
我可能正在倒立头脚相反。

外星人的身体特别小，
介于瓜和蛋之间。
外星人的手是几百条蔓须，
外星人似乎没有腿。
外星人似乎没鼻子，
外星人似乎没眼睛，
外星人把徽章顶头上，
不停变幻大小和色彩。

外星人的食物黏黏糊糊，
味道比卖相还让人想吐。
既然外星人都没有嘴巴，
自然也用不着把厨房下。
没有告知要去哪里，
也不说明为何旅行。
这次秘密劫持
令我心神不定。

我们一头冲向宇宙，
空气愈发难以呼吸，
可不管我怎么抱怨，
外星劫匪毫无反应。
眼下我正陷入窘境，
迫在眉睫大难临头——
我必须得去上厕所，
可飞碟上好像没有。

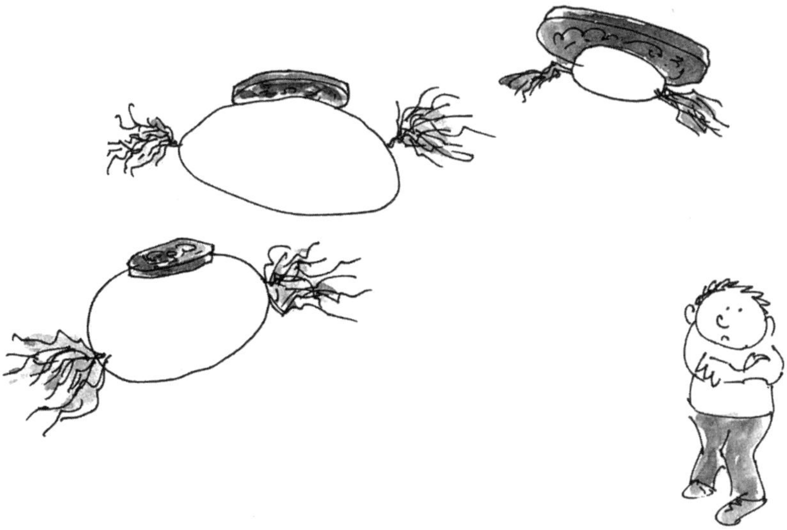

闹个没完

今天小区一片混乱，
从早到晚闹个没完。
狗群疯狂乱吠，
鸽子四处乱飞。
邻居紧闭门窗，
速度超乎想象。
就连汽车也不靠近，
宁肯绕远避开这里。

爸爸妈妈拔腿就跑，
像是打仗寻找碉堡，
他们最终躲进衣橱，
关门使出浑身解数。
我忙逃去乡下老家，
扑通跳进小溪深处，
这全怪我弟弟脱下
他穿了一周的臭袜。

傻奶牛

一头傻奶牛，偏偏不吃草，
爱把跳豆、香草豆来嚼。
抖一抖，摇一摇，
香草奶昔就做好。

有个声音

有个声音实在吓人，
既尖锐又平缓，
高亢低沉还凄厉，
就像野猫在叫春。

有个声音可真要命，
让人百爪挠心汗毛直立，
这就是妹妹今天制造的——
拉小提琴的声音。

困在了海螺里

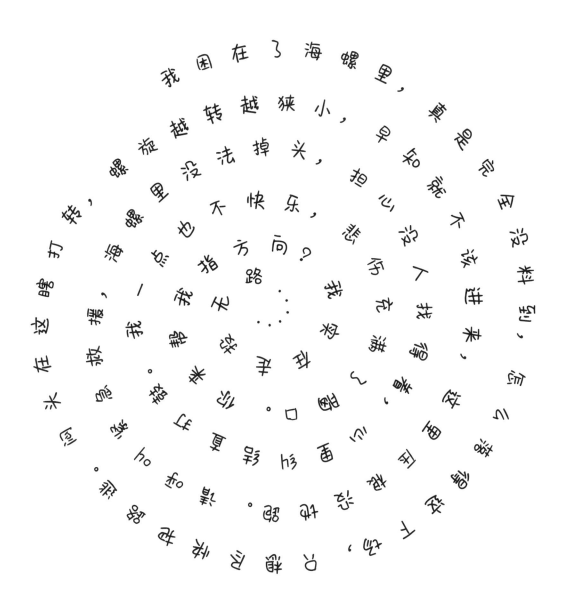

我困在了海螺里，真是完全没料到，怎么落得这下场，只想尽快把路逃。回头在这瞎打转，螺旋越转越狭小，早知就不该进来，这里压根没地跑。请呼叫紧急救援，海螺里没法掉头，担心没人找得着，心里纠结直打鼓。我一点也不快乐，悲伤充满了胸口。你来帮我指方向？我实在走投无路……

布里莫和布罗莫和布隆莫和布莱姆

有一个地方天天下雨，
那里住着布里莫和布罗莫和布隆莫和布莱姆。
四个人没一个有脑子，
都不知道去哪里躲避。

他们就在暴雨中游荡，
远离温暖舒适的地方。
四个傻瓜愚蠢又无知，
每天都被淋得透心凉。

我比纽扣更可爱

我比纽扣更可爱，
我比胸针更优雅。
有些雀斑在额头，
有个酒窝在脸颊。

蓝色眼睛像青鸟，
一头金发真闪耀，
还有一粒樱桃胎记——
绝不告诉你长在哪儿。

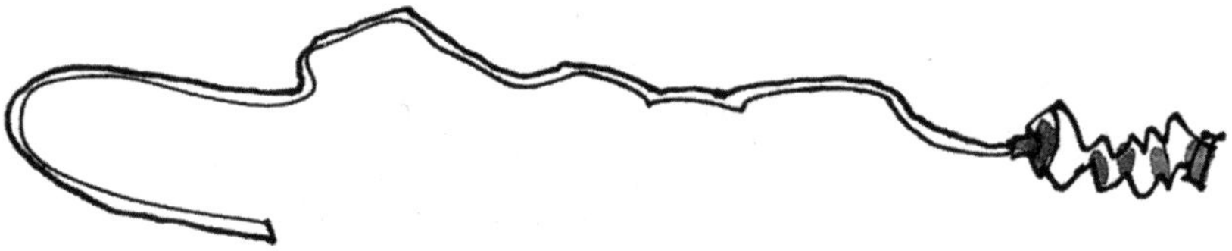

罚站

我被罚站在墙角，
妈妈火气真不小。
我打赌因为她发现
我把泡泡糖粘在电视上，
或是她想起
我敲鼓叫她起床，
或是因为
我把橘子汁倒进了鱼缸？

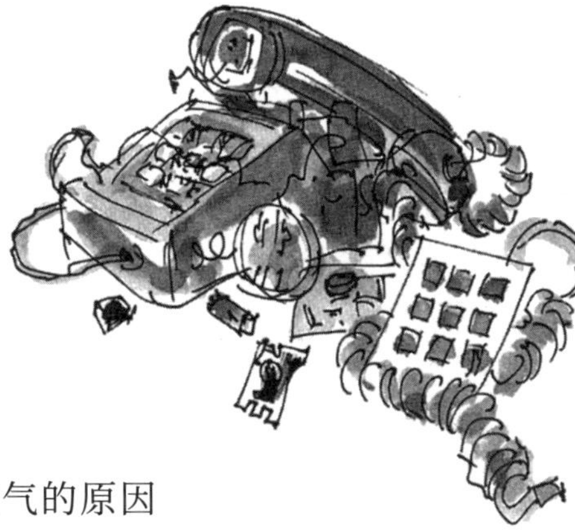

我猜妈妈生气的原因
是我偷偷拆了电话，
又或许是她发现
我乱丢的冰淇淋甜筒。
也可能是我不好好吃饭，
把蔬菜藏到了床下，
更可能是某些口头禅
脱口而出、令人难堪。

我之所以被惩罚，
还可能是把黄油涂在了甲虫上，
或是把一整管牙膏
挤在了地毯上。
要不就是把弟弟
捆在了树上……
我被罚站在墙角，
妈妈火气真不小。

弟弟给泰迪熊剃毛

弟弟给泰迪熊剃毛，
说起来已是一年前，
那活干得真彻底，
从头发剃到了脚趾。
完全心血来潮，
纯属一时兴起，
听着不同寻常……
对他而言，不过小事一桩。

在被剃毛之前，
小熊很帅无疑，
如今看着可怜，
修补也来不及。
它曾经那么柔软顺滑，
毛发又长又密。
弟弟以为还会长回原样——
可惜现实不尽如人意。

后院甩卖

我去了个后院[1]甩卖，
发现草皮特别便宜。
按码[2]卖的都被抢光，
于是我买了三英尺[3]。

①②③ 后院、码的英文单词都是“yard”，此处为双关用法。码为长度单位，1码≈0.91米。3英尺为1码。

妮娜·迪娜·弗林娜

我是妮娜·迪娜·弗林娜，
我爱清洁，决不邋遢，
一小时泡八遍澡，
中间还要冲个凉。
鼻子、膝盖和脖子，
冲完脑袋冲冲肩，
搓搓刷刷真彻底，
不留一点脏东西。

洗洗耳朵和手肘，
再往头上倒香波，
干干净净没瑕疵，
洗澡谁能赛过我？
每根手指和脚趾，
细致周到无疏漏，
全身每一寸肌肤
美妙绝伦真舒服。

整个身体在闪耀，
就像太阳发光芒，
洗完一遍又一遍，
洗澡永远不打烊。
浑身整天湿淋淋，
唯有一桩糟心事——
我像葡萄干皱巴巴，
再皱下去就脱水啦。

幸亏不是萤火虫

幸亏我不是萤火虫，
不然心里要犯嘀咕：
一盏不熄灭的电灯
怎么粘上了我屁股。

著名跳蚤马戏团

我去了趟著名跳蚤马戏团，
赞叹那跳蚤表演精彩绝伦。
有跳蚤骑的是独轮车，
有跳蚤玩的是空中飞人。
有跳蚤在走绷得紧紧的钢丝绳，
同时转动精巧的车轮。
还有跳蚤踩着同伴的脑袋，
爬上铅笔做的长杆好几根。

一只跳蚤被大炮射中，
落到地上却毫发无伤，
十几只跳蚤骑在光溜溜的甲虫背上，
这一幕真是令人难忘。
我爱那小小条纹帐篷里
看到的每个节目。
我为著名跳蚤马戏团欢呼——
就是回家浑身痒痒不舒服。

农场的空手道比赛

农场的空手道比赛，
骡子和羊羔都是百里挑一。
骡子善于上踢，
羊羔精于下劈。

斯梅德乐·斯梅尔

斯梅德乐·斯梅尔害怕飞行，
一到空中就紧张兮兮，
一想到飞机就头疼得不行，
这个精神负担可真是不轻。
一到空中就咳嗽，
咬紧牙关，抓紧座位，
发痒、出汗、苦苦哀求，
全身骨头都在颤抖。

他身上疼，他心里苦，他啃指甲，
他连晚饭都没法嚼，
他的脸比豌豆还绿，
只因飞机越来越高。
他抽筋、抽动、抽搐、抽噎，
整个胃都要倒旋——
所以，为什么，为什么斯梅德乐·斯梅尔
是个飞行员？

亲爱的温布尔第邓布尔

亲爱的温布尔第邓布尔，你在哪儿？
我至今不知道你为何要离开。
那天你收拾一整夜，
然后飞离了我视野，
连句再见也没道。
我想念你那令人闻风丧胆的模样，
脑袋两旁的翅膀，
长满羽毛的胸膛，
皮革般华丽的鸟冠，
还把鸟窝造在我床上。

我想念你那些乱糟糟的噪音，
嘶叫、长啸和哀鸣，
你那尖尖的喙，
还有你唱的歌
都让人脊背发凉。
我想念你每天一大早
花样繁多来突袭。
你在我耳边大嚷大叫，
不把我搞哭绝不歇气。
亲爱的伙计啊，难道你不再回来了？

我想念你那些气人的恶趣味，
你经常咬我的脚趾，
震耳欲聋的嚎叫，
令人胆寒的低吼，
还把我的衣服撕掉。
我想念你古怪的坏脾气，
包括你那难闻的臭味道，
可是现在你已飞走，
留我一人孤单到老……
别了，亲爱的温布尔第邓布尔！

堵车尝起来美味吗？

堵车尝起来美味吗？
果冻在湖里钓鱼吗？
树皮会大吵大闹吗？
喧嚣会让蛇紧张吗？
鲑鱼能爬山吗？
肚皮经常笑吗？
地毯是在花坛里打盹儿
还是在杏子上小睡？

我绑了块铁轨枕木
在我帅气的瓶颈上。
我眨了眨监控眼，
我的百宝箱挺起胸膛。
我喜欢用钢琴键
解锁缠住的头发，
然后蹬着一双刹车蹄，
翩翩起舞真潇洒。

我穿上电子短裤，
系上香蕉腰带，
坐在羊肚菌上，
看金枪鱼融化。
我一头扎进拼车池，
泡了一个洋葱澡，
然后登上磁带卡座，
再让书法扬帆起航。

我在河岸存下硬币，
拿回一个四分卫。
我用一个伐木工
修理空荡荡的公寓。
我常挥舞我的二手货
判断是否超了时，
在拿起我的公牛笔之前，
写下一句傻傻的押韵诗。

译后记　一场怪雨

英文里有句俗谚形容瓢泼大雨："It's raining cats and dogs."（天上下猫又下狗。）这个场景想想就很有趣：天上掉下来的不是雨点，而是猫猫狗狗，让人想起比利时画家玛格利特那幅无数"雨人"从天而降的著名油画，童话般的超现实主义幻想曲。与之相匹配，本书的书名叫《下雨下猪下面条》（沿用前辈陈黎和张芬龄的译法），用猪和面条代替了猫猫狗狗。这是一场多么稀奇古怪的雨啊！

这样的怪雨属于儿童，属于诗歌，属于天马行空的想象和胡说八道的乐趣。撰写这些奇思妙想的人叫杰克·普鲁斯基，美国有史以来第一位童诗桂冠诗人。

美国童诗的"三驾马车"，按照年龄排序分别是：苏斯博士（1904—1991）、谢尔·希尔弗斯坦（1932—1999）和杰克·普鲁斯基（1940—　）。在此之前，写童诗只是"业余"；从他们三位开始，诗歌不仅专为儿童创作，而且实现了以亿册为计数的畅销和长销，影响横跨好几代人。

苏斯博士是动物园园长的儿子，他对美国童诗称得上有开创之功。我最喜欢的希尔弗斯坦以妙趣横生而哲理深刻见长。某种意义上，名列第三的普鲁斯基跟名列第二的希尔弗斯坦有那么一些相似：都是美国人，都爱好声乐，都挺能画画，都写小孩儿诗。普鲁斯基擅长写押韵诗，玩文字梗。别人写诗是从意象出发，他偏偏喜欢从韵脚入手，通过双关、笑话、图形游戏、智力游戏展现出新鲜的概念和创意，诗歌读起来朗朗上口，逗人发笑。

三位童诗大家虽各有气象，但呈现出来一个共同的特点：Nonsense。这可能是受孩子们欢迎的最大秘密。胡说八道是儿童的语言游戏，胡思乱想是儿童的想象游戏。这些毫无逻辑、看似玩笑的创造力恰恰是儿童文学中最宝贵的部分。童诗的另一个魅力来自韵律。全世界多少孩子连话都不会说，却能随着歌谣打起节拍手舞足蹈，领略到人类语言的乐趣。

普鲁斯基还是小孩的时候，其实并不知道长大以后会写童诗。在他那个时代，爸爸妈妈也没有给他念过诗或读过绘本。四年级时老师在班里念诗，他只觉得诗歌很没意思。对九岁的普鲁斯基来说，诗歌更像是一种惩罚。不过因为从小学声乐，他高中念了艺术院校。在那里，他对音乐的理解越来越深入。“我喜欢歌唱的叙述方式。那是一种简单、直接和质朴的音乐语言。音乐就像是一束崭新的光，重新点亮了诗歌。”

等到二十出头，普鲁斯基上了一个美术班。他发现自己不擅长写生，反而擅长画那些想象中的动物。半年的时间里，他画出了一堆画风奇特的想象中的动物，但总觉得缺了点儿什么。“有天晚上，我看着我画的这些，忽然意识到‘缺少诗’。尽管我不知道这个念头怎么冒出来的，但仅仅花了一个半小时，我给这些动物们全部都配好了诗。”

普鲁斯基起初完全没想过出版，但他的写写画画在朋友中很受欢迎，就被推荐给了童书编辑。编辑没看中那些插画，倒是称赞他的写诗天赋，鼓励他继续创作。出其不意的鼓励让普鲁斯基很惊讶，后面的事实是：源源不断出版了40多本书后，普鲁斯基的创作才华仍然旺盛，朋友们和（儿童）读者们都被他的书逗得哈哈大笑。从青蛙到怪物，普鲁斯基让这些动物焕发出新的艺术活力。

今天的美国，恐怕很少有学龄儿童没读到过普鲁斯基，也很少有读到过而不去寻找下一本的。当然，想当普鲁斯基的忠实“粉丝”可不是那么容易：他的创作数量实在是太庞大了，如果加上他亲自编选的诗集——最有名的要数《兰登儿童诗选》（1983）和《20世纪儿童诗歌精选》（1999），堪称美国童诗的半壁江山。这些或撰写或编选的童诗集，可以说是英美国家孩子接触诗歌的必读之作，在近半个世纪里登上过各种畅销榜，获得过《书单》编辑荐书、“号角”经典童书、美国图书馆协会年度最佳童书、《学校图书馆》最佳童书等荣誉，还被列为美国CCSS新课标的指定读物。“杰克 · 普鲁斯基”成了学生、老师、家长都极为熟悉的名字，可以说走进美国任何一家儿童图书馆，都不可能没有他署名的童诗集。

为什么孩子们会喜欢他的诗呢？据普鲁斯基自己说，因为他写孩子们关心的东西。那些动物、食物，生活中的人和事，在大人看来无关紧要，但在孩子心目中是最为要紧的。童诗研究者普遍认为普鲁斯基在意并认同孩子的感受。他也写过很多的节日诗，比如说书中的《是时候了》就非常应景，一提到万圣节，许多人就会想起它。

我和刘晓晨这次合作翻译了普鲁斯基的两本诗集，其中这本《下雨下猪下面条》的翻译最叫我们头疼。许多作者所

创造的词汇和文字游戏如果忠于原文直译，可能会造成诗句不畅，增加读者的理解难度，需要用添加译注的方式来解决。但书里有几首比较长的诗歌（《自行车在演讲》《牦牛开会》《问》《堵车尝起来美味吗？》），全诗几乎每一句，甚至相邻的两个词都在玩文字游戏，如果加译注，恐怕会比这首诗还要长许多。这种情况，我们只好舍弃部分双关或押韵的技巧，力求文句顺畅。我们也衷心希望有机会的话，读者可以找来原文，感受英文修辞的精妙。

总之，一本薄薄的小册子《爸妈以为我睡着了》，一本厚一些的《下雨下猪下面条》，“肥肉搭瘦肉”，我俩费着劲地总算是把它们给翻译出来了。

那为什么是“合译”呢？有那么一天，我的同学刘晓晨忽然要去住院，我得给她弄点什么事来打发时间。刚好涂涂派给我的这些童诗，生动活泼、冒着傻气，可以把人从低谷和泥泞中拉出来。后来，刘晓晨顺利出院。万万没想到的是，紧接着我又掉进了“人生的缝隙”里，住院了。长达三个月的疼痛中，轮到她用这些生动活泼、冒着傻气的童诗将我用力拔起来。

所谓幸福就是有希望，有事做，有人爱。尽管历史已经小跑进入了AI时代，机器或人工智能却并不能取代这最根本的法则。在这两本小小的童诗集里，凝结了许多关于幸福的秘密。包括但不限于：被作者藏在书里的调皮，被两个中文译者偷偷塞进来的友谊，被编辑用心地打磨，被一个拥有爱的人买走，被假想的读者顺利打开，被家长念给孩子听。正是因为这些从辛苦费劲中得来的，不能用机器替代也替代不了的幸福，人类的价值才会永恒存在。我相信，被这样的文字滋养出来的孩子，长大以后也不会被机器所替代。

就这样，普鲁斯基给这个世界制造了一些快活，我们把这些快活变成了属于中国小朋友的快活。对了，小孩子的爸爸妈妈或是其他的什么大人得先跳进来读呢！这样世上就又多了很多很多的快活。总之就像是天上平白无故落下来的一场怪雨，管它下猫下狗还是下猪下面条，有多少算多少，落到谁的头上就是谁的——多快活！

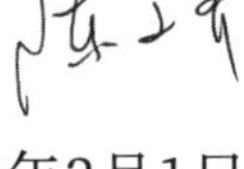

2023年2月1日